KB194021

선 물

박상복 디카 시집

선 물

몽트

시인의 말

뚜벅뚜벅 외나무다리를
걸어 걸어
여든에 이르고
남은 길을 찾아 걸어갑니다

바다
바람
구름
날개에 품고 날고픈 꿈을 꿉니다

오랜 뒤척임 끝에 만들어진
디카 시집 『선물』
지난한 나의 생에 헌정합니다

든든한 내 편 가족
안산 문인협회 회원님
아름다운 제자들
사랑합니다
감사합니다.

2025. 봄
박상복

「목 차」

PART I _길 위에서 팔라우 ———————————

PART II _노랫소리 ———————————

PART Ⅲ _무지개 여인

PART Ⅳ _함께의 길

PART 1 _ 길 위에서 팔라우

낯선 곳에서 1

낯게 낮게 속삭이는 별들의 이야기
너를 찾아볼까 망설이는데
여전히
숨바꼭질 하는
그녀

명상

어디에 있나요
나를 찾아
먼 길을 돌아 돌아
투명한 쉼

낯선 곳에서 2

낮과 밤
경계선에 선
아름다운 자태
찐한 향기로
유혹한다

수다

빽빽한 하루
익숙한 그림자
구름으로 태어난
못난이 삼형제

꿈

스테이크 점심 먹고
노곤한 몸
입맛 즐기며
오수에 빠진
팔자

아침 햇살

투명한 공기
밋밋하고
달달하고
싱싱한
유리알 맛일까

노스탤지어

잡힌 듯한 구름
갈 수 없는
창창한 거리
바람 따라
시린 눈을 감는다

화려한 외출

윤슬 위에 반짝이는
신비로운 노을빛
팔순을 넘긴
그녀의 마음
설레이다

표적

순수한 청년들
가슴에
머리에
절규로 남긴
슬픈 역사

* 제2차 세계대전 일본군 등대 (토다이)에서

떠날 수 없는 자

슬픈 환상
찢긴 자리
피멍이 엉키고
그들은
화석이 되었다

*제2차 세계대전 일본군 등대(토다이)에서

거인의 붓

첫사랑
그녀의 향기 찾아
쓰다
그리다
춤추다
여기에

아이고 다리

포탄이 날아오고 돌덩이에 묻혀도
누이 웃음소리 들리는 듯
하늘을 본다
아이고 어머니 아이고
숨통이 터지는

* 남태평양 작은 섬 팔라우. 한국 청년들의 피땀으로 만들어진 "아이고 다리"
일본제국이 만든 표적이 버젓이 있다. 어찌 아이고 다리라고 했을까?

친구에게

꼭
밟고 가야 했니
나의 선택이었어
너의 길을 가렴

자연재해

무거운 습설에
찢긴
500년 역사
거부할 수 없는
자연

외가

꽃향기 보다
뭉클하게 묻어온
밥 뜸 드는
할머니 향기

아쉬움

당당히
이별하는 의젓함
그림으로 전하는
손녀의 마음

맞선 _소록도에서

둘이 하나 되기를 거절했어요
좋은 방법이 있지
너는 나의 눈이 되어 주고
나는 너의 발이 되어 줄게

구원받은 손

수녀님
파란 눈빛보다
깊은 미소로 잡아주던
뭉개진
성모님 손

기다림

견디고 파이고 잘려 나간
무지의 두려움
참고 기다려다오
아가야

용궁

숨이 멎은 듯
현실을 잊고 있었다
새로운 세상을 꿈꾸며

치매

놓일 수 없는
기억 하나
당신을
기다릴게요

노랫소리

판사가 되고
발레리나 되고
커피 향 솔솔한 카페 주인 되어
잊을 수 없는
곰 세 마리 한집에 있어

날개

떴다
어디 까지, 가니
할 수 있어
팡팡 울리는
힘찬 소리

한낮의 숲속

판화로 그려지는
숲길을
천천히 돌아
10월의 어느 날을
기억한다

4월

그대에게 전하는
화해의 선물
고마워

큐브

모양도 생각도 다르다
또
다른 세상 속에서
하나 되는 희열

동상이몽

아빠
놀이동산 약속
준비됐어요
허공에 맴도는
기다림

봄이 오네

도레미파
　　솔라시도

할머니는 래퍼

PART Ⅲ_ 노랫소리

세상에는

때로
가짜가 진짜처럼 보이는
착각
오늘은
진짜 같은 가짜 속으로

구들장

군용 담요에 덮인
밥그릇 밀어내고
하룻밤 보내니
거뜬히 이겨낸 고뿔
사람 냄새나던 시절

선물

히브리 노예들의 합창 소리
들리는 듯
어루만지며
내려 주는 고요

고백

점점이 찍어 놓은
뽀로통히
내민 입술
수줍게 전하는
그림 문자

명당

더는 움직이지 말게
하늘이 내린 자리니
뜻을 펼치게

겨울 끝에서

봄
물오르는 소리에 취해
돌아갈 수 없어요
당신 곁에
머물겠어요

도서관

책갈피 사이사이
쌓여 있는 언어
석수장이가 되어
쪼개 보아도 알 수 없어
무릎에 빈칸을 묻고 물었다.

슬픈 착각

끝까지 버티면
부활할까
봄은 오는데

함께의 길

빛바랜 기억
주름진 세월
로즈마리 향내
따라가며
잊지 말아요

마중물

생명수
얻기 위해 소중했던
이제는 사랑받지 못하고
쓸쓸히 남겨진 기억뿐

예단

한땀 한땀
엄마의 눈물방울
기쁘기도 안쓰럽기도
한
이야기 이불

공짜

뒷산 흐드러진 아카시아 향
덤으로 솔향까지
카트에 실어
계산대도 없는 비탈에 부리니
나비 날다

다짐

굳게 맞잡은 손
삶의 굴레를 너끈히
끌고 갈 의리
오늘도
진행 중입니다

무지개 여인

보남파초노 주 빨
화려했던 지나온 젊음
색깔대로
아픈 사랑도 웃으며
발걸음도 가볍다

스티커의 꿈

웜홀을 지나
시간여행을 하고
오로라를 만날 수 있을까
움직일 수 없는 새벽
지상에 자유 여행권을 갖고 싶다

여백

오늘
필요한 빈자리
자유로움을 위해
놓아야 하는
것들

PART Ⅳ_ 함께의 길

시선

서성이던 몸짓
단정히 앉아
지긋이 바라봅니다
파랑 하늘
색종이 접는 소리

어느 휴일

네모에 갇힌 시간
찌가 흔들거리는 건
아귀 힘일까
권력의 힘일까
여전히
네모는 평온하다

소신

마음을 정 했으면
좌우 살피지 말고
직진하는 거야
사랑도
그래

정상회담

어디로 튈 줄 모르는
속내를 감춘
거리

흔적

마주 본 여자는
거울을 외면하고 돌아선다
사과꽃 같은 여정을 펴 보이며
배시시 웃는

오래된 목욕탕

물바가지 힘겨운
아기 주름 같은 등판
엄마의 주름 닮아
살살해
환청이 들리는

모스부호

빠르게
짧게
길게
오래 머무를 수 있을까요

길손

당신 품은 따뜻해요
들숨날숨 고르며
재 너머
노을 꽃 보러 가요

두 마음

이별보다 시린
물의 경계선에서
부드러운
깃털을
헹구어 보는

바닥짐

균형추를 소홀히 한 탓에
침몰해 버린 배
우리 삶도 무겁게 느껴지는 짐이
나를 살리는
바닥짐이 된다

서로에게

맞잡아야
이루어지는걸
알면서도
어처구니없는 현실
지금은 마음을 열 때

AB형

A형이 B형에게
B형이 A형에게
힘겨루기하면
잠시 쉬어가자

식욕

땡볕
다 받아먹고
더 달라
허기진 눈물

자매

1가 84번지
꿈 사랑 고통
찬란했던 그 날
타임머신을 타고
신나는 하루

우산

잠시 소나기를 피하듯
공해로부터
자유로울 수 있을까
청정지역 찾아
모여든 텃새들의 노래

부부

오래 묵은 장맛처럼
한결 갖기를 바라며
팔순을 넘긴 세월
미안하오
고맙소

무게

전쟁 지나간 후
손에 쥔 배급

먼 길 떠난

아버지
빈자리

여든의 삶에 장치한 코다(coda), 디카시라는 선물꾸러미

구수영(시인)

철학자 플라톤은 저서 '국가'를 통해 시와 예술이 진리를 왜곡하고 인간을 타락시킬 위험이 있다고 주장하며 시인을 추방해야 한다 말했지요. 그가 오늘날 하루에도 셀 수 없이 쏟아져 나오는 시집을 보면 뭐라 할까요?

문학이 인간의 감정을 정화하고 철학적 진리를 전달하는 도구라고 본 그의 제자 아스스토텔레스의 주장이 맞다고 인정할까요?

현대시는 다양한 갈래를 가지고 분화와 발전을 하고 있습니다.

문자로만 쓰던 시는 디지털카메라와 합해져 디카시라는 장르도 탄생했지요. 디지털 시대에 가장 주목받는 시 지금은 디카시 전성시대라고 해도 무리가 아닙니다.

디카시는 누구나 쉽게 접근할 수 있는 생활 문학입니다.

우리의 일상 중에 시적 감흥이 떠오른 사물이나 자연현상등을 디지털카메라로 찍고 그 감흥을 모티브로 하여 5행 이내의 글로 표현하는 문학이 디카시입니다. 하지만 누구나 쉽게 접근 가능하다고 좋은 디카시 쓰기도 쉽다는 말은 아닙니다.

5행 이내의 짧은 글에 시인의 철학이 담긴 서정적 표현은 순발력도 요구하지만 평소 시인의 깊은 사유가 밑바탕이 되어야 가능한 일이지요.

한국디카시학회의 "디카시의 전경화론"에 따르면

"모든 시적 대상물은 전경 前景과 후경 後景이 있다. 이 둘은 서로 떨어질 수 없는 관계다. 둘 중 한 가지만으로는 시가 되지 않기 때문이다. 전경이란 시각적으로 명확하게 구분할 수 있는 대상을 말한다. 디카시에서 전경은 사진(영상)에 해당하고 후경은 뒤에 있는 의미 즉 숨겨진 배경을 말한다. 후경을 통해 새롭고 낯선 해석을 제시할 수 있고 전경(사진)의 의미를 극대화 시킬 수 있다"라고 합니다.

디카시는 사진(영상)으로 읽고 또 문자로 읽습니다. 이 둘을 따로 놓고 보면 사진도 시적 표현도 조금 부족해 보이지요. 하지만 둘을 결합하면 더할 나위 없는 시너지를 일으켜 의미를 극대화 시킵니다.

1871년 프랑스 시인 랭보는 지인에게 보낸 편지에서 "시인은 견자가 되어야 한다"고 말했습니다. 견자(le voyant)는 보이지 않는 것을 보는 자를 뜻합니다.

랭보는 "견자의 시학"을 통해

"시인이란 우리가 알고 있는 통상적인 의미가 아닌 다른 시각에서 전혀 다른 의미를 만들어 내는 사람이라고 할 수 있다"라고 합니다.

디카시는 우리 주변에서 만나는 사물이나 자연현상, 일상의 순간을 담는 일이기에 익숙한 풍경이 많습니다. 하지만 익숙한 풍경 익숙한 순간이라 할지라도 시인의 관점에 따라 그 의미는 달라집니다.

화가는 그림을 통해 시인은 글을 통해 음악가는 음악을 통해 자신의 이야기를 합니다. 시집은 결국 시의 집이고 시인의 집입니다 시를 통해 시인 본인의 생각과 생활을 보여주고 있습니다.

박상복 시인이 시집 '선물'을 통해 보여주는 이야기 살아온 팔십년을 돌아보는 일이 쉽지는 않았을 것입니다. 그는 이 시집을 팔십년을 살아나온 자신에게 주는 '선물'이라 말합니다. 스스로 주는 선물, 위로, 응원, 그리고 또 다른 출발점은 독자들에게 충분한 감동이 될 것입니다.

바닥짐

균형추를 소홀히 한 탓에
침몰해 버린 배
우리 삶도 무겁게 느껴지는 짐이
나를 살리는
바닥짐이 된다

제가 읽은 시인의 첫 작품이 "바닥짐"입니다.

디카시를 배우고 습작하던 시기에 쓴 작품 같습니다.

디지털카메라는 젊은 사람들이 잘 다룰 수 있는 장치지만 촌철살인의 시는 삶의 내공이 쌓인 어른이 깊이가 있습니다. 먼바다를 운행하는 배들은 대부분 무거운 짐을 싣고 다닙니다. 그런데 짐을 싣지 않고 항해를 하면 배 밑바닥에 물을 채웁니다.

높은 파도나 급한 조류에 배가 흔들리지 않게 균형을 잡아주는 역할을 하는 게 바로 이 바닥에 채운 바닥짐 평형수입니다.

실제 배가 전복되는 주요 원인 중 하나가 바로 이 평형수 관리를 잘못해서라고 합니다.

우리 삶도 종종 항해하는 그것에 비유하지요.

배가 바다 위에서 크고 작은 재난을 만나듯 우리도 삶을 사는 동안 갖가지 어려운 일과 마주합니다. 그때 바닥짐 평형수가 제대로 채워진 사람은 삶의 균형을 잃지 않거나 행여 흔들려도 빠르게 복원력을 발휘합니다.

당신은 지금 어떤 바닥짐을 가지고 있나요.

혹시 바닥짐 관리를 잘못해 흔들리며 전복위기에 있지는 않은지요. 이 작품은 세련된 기교는 없지만 살아보니 알게 된 어른의 잠언 같습니다. 어쩌면 내 삶을 무겁게 만들고 나를 흔들었던 고통이 사실은 나를 살리는 평형수였다는 시인의 고백에 마음이 숙연해집니다.

꿈

스테이크 점심 먹고
노곤한 몸
입맛 즐기며
오수에 빠진
팔자

　개들이 햇살이 잘 드는 마당에 아주 편안한 자세로 잠에 빠진 모습을 담았습니다. 우리 속담에 "개 팔자가 상팔자"라는 말이 있지요.
　개의 삶이 인간의 삶보다 낫다는 말로 일이 바쁘고 힘들 때 아무 일도 안 하고. 돌아다니는 개가 부럽다는 말이지요. 피곤할 때 잠깐의 오수 午睡가 얼마나 달콤한지 경험해 보았을 겁니다.
　어쩌면 시인도 아무 근심 없이 오수에 빠져보는 꿈(희망)을 가진 때가 있었겠지요. 팔자 이야기가 나오면 참 할 말이 많아지는 사람들이 우리네 어머니입니다. 여성이 제대로 대우받지 못하던 시간이 분명히 있었고 그런 시절을 오늘 시인도 힘들게 통과해 왔을 것입니다.
　모든 예술은 자기투영(自己投影)입니다.
　사물을 통해 내 이야기를 하는 거지요.
　감정을 표현하는 강력한 도구라고 할 수 있는 창작행위를 통해 스스로 위로받고 또 소통합니다.

문 안쪽에서 바깥쪽을 바라보는 시인의 시선 문 안쪽이 현실 속 내가 가진 세상이라면 문 바깥은 시인이 꿈꾸는 세상입니다. 시인은 이제 문을 열고 꿈꾸는 세상으로 나가야 할 것입니다.

시인의 살아온 삶이 훤히 읽히는 디카시 한 편 더 감상해 보겠습니다.

마중물

생명수
얻기 위해 소중했던
이제는 사랑받지 못하고
쓸쓸히 남겨진 기억뿐

언젠가부터 자꾸 뒤를 돌아봅니다. 서른 살에는 뭘 했더라 아이들 키우고 살림 불리느라 눈코 뜰 새 없이 바빴지. 마흔에는 뭘 했더라 쉰에는…… 열심히 앞만 보고 살아왔는데 돌아보니 해놓은 일은 없고 나이만 먹은 것 같습니다.

게다가 여기저기 몸도 마음도 자꾸 아프다고 아우성입니다.

이러다가 가족에게 짐이 될까 두렵습니다. 무엇보다 빠르게 도망가는 세상에서 밀려나 혼자 남은 것 같습니다. 지는 노을만 바라

봐도 마음이 쓸쓸하고 지나는 바람 소리에도 서러워집니다.

　마중물은 펌프질할 때 땅속에 있는 물을 끌어 올리려 붓는 물이지요. 말 그대로 땅속 깊은 곳에 있는 시원하고 깨끗한 물을 마중하는 물입니다.

　나는 그동안 마중물 같은 존재였습니다.

　내가 좀 더 양보하고 희생하면

　가족에게 시원한 물을 줄 수 있다고 믿었습니다.

　그런데 그 믿음도 나 혼자만의 생각이고 바람이었습니다.

　이 땅의 어머니 가슴에는 구멍이 숭숭 뚫려 있다 합니다. 오로지 가족의 행복이 내 행복이라 믿고 살아온 시간이 상처가 되어 생긴 구멍이라고 합니다.

　이 시집은 앞서 잠깐 밝혔듯 박상복 시인이 여든 살이 되는 자신에게 주는 선물입니다. 시인이 살아온 여든 해를 어떻게 모두 설명하고 표현할 수가 있을까요. 표제시 "선물"을 읽어보면 어떤 마음으로 당신 자신에게 이 선물을 마련했는지 조금이나마 짐작할 수 있겠습니다.

선물

히브리 노예들의 합창 소리
들리는 듯
어루만지며
내려 주는 고요

    지난겨울 제가 사는 동네에도 폭설이 여러 차례 내려 나뭇가지
가 축축 처지거나 부러지기까지 했습니다. 시인은 폭설 앞에서 "주
세페 베르디"가 작곡한 오페라 나부코(Nabucco)에서 가장 많이
알려진 "히브리 노예들의 합창"을 읽어냅니다.

    기원전 6세기 유다왕국은 신바빌로니아의 네부카드네자르 왕에
게 멸망한 치트키야 왕과 유대인들은 바빌론에 억류되어 약 70년
간 포로 생활을 하게 되었습니다. "히브리 노예들의 합창"은 바빌
론에 끌려간 유대인들이 사슬에 묶여 노예 생활을 하면서 잃어버
린 조국과 요르단강, 예루살렘을 그리워하며 부르는 노래입니다.

    나부코가 처음 공연할 당시 이탈리아는 오스트리아와 프랑스의
지배를 받고 있었고 독립을 향한 의지가 강한 시기였지요. 이 노래
는 히브리인들의 이야기지만 결국 이탈리아 민중의 마음 깊은 곳
에 자유와 독립을 염원하는 노래로 상징되었지요.

    "선물"의 전경이 눈에 덮인 나무와 벤치가 담긴 사진이라면 후

경은 저 사진 뒤에 숨겨져 있는 시인의 이야기가 되겠지요. 히브리 노예들이 바빌론에 억류되었던 것처럼 팔순의 시인은 무엇에 묶여 살아왔을까요.

히브리 노예들에게 그리운 고향으로 돌아가는 것이 "선물"이라면 팔순을 앞둔 시인에게 돌아가고 싶은 순간은 어디쯤일까요. 시인이 꿈꾸었지만 갖지 못했던 세상 하지만 이제부터 만들고 싶은 세상은 어떤 모습일까요.

무지개 여인

보남파초노 주 빨
화려했던 지나온 젊음
색깔대로
아픈 사랑도 웃으며
발걸음도 가볍다

젊었던 시절로 갈 수 없지만, 만약 다시 가라 해도 가고 싶지 않다는 노래가 있습니다. 시인도 젊음은 떠났지만, 과거로 돌아가고 싶은 마음은 없습니다. 추억에 얽매이지 않고 또 다른 무지개를 꿈꾸는 시인의 모습에서 저는 시인의 희망을 찾아봅니다.

청춘이라는 말은 숫자를 말하는 것이 아니라 열정과 도전정신으로 자신을 새롭게 만들어가는 상태를 말합니다. 꿈꾸고 도전하고 그 노력하는 과정은 우리를 늘 젊게 만들어 주지요. 디카시 '무지개 여인'들의 뒷모습이 바로 꿈꾸는 청춘의 모습입니다.

흐릿하게 잡은 그물과 그물에 걸린 꽃이 현실의 장애물이라면 그물 뒤 선명한 여인들은 이제야 비로소 날개를 달고 자유로워진 모습입니다. 어디로 가고 있을까요? 그곳이 어디든 찬란한 빛의 세계이기를 저는 기도합니다.

오래전 보았던 영화 설국열차에서 송강호 배우가 이런 대사를 했습니다.

-이게 너무 오래 닫혀 있어서 벽인 줄 알고 있지만, 사실은 문이다-

낮잠에 빠진 개 팔자를 부러워하던 일부자 우리 어머니

살아온 세월이 서러워 자꾸 쓸쓸해지는 빈 둥지가 된 우리 어머니

문을 벽으로 만들고 스스로 그곳에 갇혀버렸던 시간의 자물쇠를 열어보세요.

코다(coda)는 이탈리아어로 '꼬리'라는 뜻을 가진 이 음악용어지요. 악곡이나 악장의 끝맺음을 강조하는 악구지만 이 종결 악구 덕에 작품의 서두에 드러난 주제를 더 풍성하게 만드는 효과를 가진다고 합니다.

여든의 시인의 삶에 만든 코다(coda)와 같은 '디카시' 쓰기

디카시를 통해 시인의 삶이 더 풍요로워지기를 그래서 꿈꾸는 무지개를 만들기를 응원합니다.

봄이 꽃을 피우는 것이 아니라 활짝 핀 꽃이 봄을 만드는 것입니다.

선 물

초판 발행일 2025년 5월 10일

지은이 **박상복**
발행인 **김미희**
펴낸곳 **몽트**

출판등록 2012.12.20 제 2014-0000-38호

주소 안산시 상록구 화랑로 513 2층 24호
전화 031-501-2322 팩스 031-501-2321
메일 memento33@menthebooks.com

값 18,000원
ISBN 978-89-6989-109-9 13810